遺棄された風景

桂沢　仁志

目次

遺棄された風景

少女と夕日

少女は這(は)っていく
戦乱と荒廃の大地の上を
西の方角を目ざして
夕日に向かって進んでいく
肘と膝は血と土で汚れ
枯れ枝のような体を折り曲げ

朝日の祈りは今日の日の幸せを
夕日の祈りは明日の日の願いを
だから少女は夕日を求めて西に向かう

夜という死の世界の向こうにあるという
新しい夜明けと生を求めて
血まみれの手足でいざり進む

難民キャンプでは「出て行け！」と
他の子供たちから石を投げつけられた
だがどの石も少女に当たることはなかった
明日には自分が地を這い石を投げつけられる身に
なるかも知れないことを彼らは知っていたからだ
でもそんな「厄除け」儀式も虚しく悲しかった

少女は自分自身の体が災厄だと悟っていた

他の人々に伝染させる重い疫病に罹っていた
難民キャンプには病院も隔離施設もなかった
皆から離れていくことが最良の感染予防だった
だから彼女は遠く西に向かって夕日を求めて進む
衰弱した彼女の上空をハゲワシたちが飛び回っている

二つの太陽（8．6）

コバルトブルーの空が眩しすぎて
きみは地下の穴倉（あなぐら）に潜り込んだ
この世では大きな虚偽（きょぎ）が真実で
ささやかな真実は幻に見える

きみは真実の絵を描いては丸め
悲しみの言葉を書いては包み込む
だからきみのズボンのポケットは
いつも大切な紙屑（かみくず）で膨らんでいる

アスピリン千ミリグラムもの頭痛に苦しみ
きみの住む穴倉はナメクジの巣窟(そうくつ)だ
必要が発明の母であるならば
妄動(もうどう)は戦争の父ではないのか？

ある種の麻薬が国を滅ぼすように
一粒の薬は子供たちの未来を壊す
胎児が子宮の羊水の中で聞いた声は
母の子守唄か父の戦死の知らせだったか？

きみが久しぶりに外に出てみると
青い空に突然二つの太陽が輝いた

きみは激しい爆風に吹き飛ばされ
ポケットの紙屑は黒い灰となって散った

真夏の夜の祝宴

さて諸君、先程執(と)り行われた、今朝の歴史的業績を讃える盛大な祝賀パーティーの後で、この作戦遂行の陰に隠れた、危険で厳しい訓練をともに乗り越え、大成功に導いた仲間だけで、ささやかだが心置きない小宴(しょうえん)を催そうではないか。

このたびの栄えある成果に先立つ周到で入念な計画に基づいた、半年以上にもおよぶ激しい教練(きょうれん)と苛酷な模擬演習の繰り返しに耐え克服して、諸君は栄光の果実をその手にしたのだ。

ここにいる大佐を始め、きみたち隊員は勇敢かつ沈着、そして愛国心と不屈の精神によって幾多の困難を乗り越え、英雄として永遠に歴史にその名が刻まれる記念すべき大成果をもたらしたのである。

先程の祝賀パーティーの席上で披露されたように、大統領閣下、陸・海・空軍の各司令官閣下および各界の指導者の皆さん、そしてこの計画の開発に携わった偉大な科学者や勤勉な技術者の皆さんからも、惜しみない賛辞が寄せられている。

今朝の大戦果は、一撃のもとに敵国を炎熱（えんねつ）地獄と化して屈服せしめるばかりでなく、わが国に敵対しようと密かに企んでいる多くの国々を震撼（しんかん）せしめ、卑劣な策略を粉砕することにより、わが軍が、偉大なるわが国こそが、今後、全世界の覇者（はしゃ）として君臨（くんりん）するものであることを余すところなく見せ示したものである。

今回の作戦は、わが国の叡智（えいち）と最新技術と莫大な資金と資材を投じて、秘密裏に入念に準備されたものであるが、作戦遂行という困難を乗り越えることなしに、この歴史的大成果は得られなかった。

諸君、改めて大佐を始めとする、きみたちの勇敢かつ冷静で不屈の英雄的行為と各隊員に課せられた役割に徹する自己犠牲的行為、ならびに偉大なる神の祝福とによって、この大いなる栄冠（えいかん）を勝ち得たのである。

私はこの歴史的大成果の日を、諸君、きみたちとともに迎えられたことを誇りに思う。諸君は私の誇りであるばかりでなく、わが国の誇りでもある。

さて、私の退屈な長い口上はこの位にして、この基地のある南海の小島特有の蒸し暑い真夏の夜を吹き飛ばすべく、この席では無礼講（ぶれいこう）で大いに飲み、大いに楽しもうじゃないか。

では、諸君の大成功を祝い、また慈悲深い神の祝福に感謝するとともに、きみたち全員の健康と、大佐の父君、ならびに大佐が敬愛して止まない母君である、エノラ・ゲイ※さんの健康を祝して乾杯！

※エノラ・ゲイ：一九四五年八月六日午前八時十五分、広島市に歴史で始めて原子爆弾を投下・炸裂させ、一瞬のうちに市を廃墟と化し、十数万人もの命を奪ったＢ２９爆撃機「エノラ・ゲイ」号は、機長のポール・ティベッツ大佐が敬愛する母親エノラ・ゲイ・ティベッツの名前から付けられた。

盲目の少女のスケッチ

世の人々は闇の中には光も色も形もないという
でも目の見える人たちが夜の闇の中で見る夢は
灰色だったり鮮やかな色彩に輝く世界だともいう
なら心の中で色鮮やかな風景を描いてもいいはず

海と空は一体どんな色をしているのでしょう?
マリンブルーの海とか紺碧(こんぺき)の空とか
きっとこの地球と人々を優しく包んでいる
新鮮で恵み深い色なのでしょうね?

森と山は一体どんな色をしているのでしょう？
初夏の新緑の森とかディープグリーンの山とか
きっとこの大地と人々をそっと抱いてくれる
温かく慈愛に満ちた色なのでしょうね？

白い杖を突く老人が駅のホームの端に向かって行った
多くの人はその光景を見ても見ないことにした
ある若い女性はそれを見て駅員を呼びに走った
その間に老人はホームから転落し電車にはねられた

目の見える人たちは一体何を見ているのでしょう？
私たちは心の中でどんな景色を見ているのだろう？

ホームから落ちた老人と私たちの悲しみを銀の砂に変えて
満月の湖に降り注げば湖面は銀色に輝くでしょうか?

寒夜に

死んでいく者は時を選べない
生まれてくる者は人を選べない
世の中で佇(たたず)む者は人生を摑めない
来た道を振り返れば陽炎が揺れている

純愛といえる愛
情愛といえる愛
性愛といえる愛
自己愛といえる愛

人それぞれの愛の中で人は生きる
愛のない日々の中でも人は生きる
真実のない年月の中でも人は生きる
「我々もみな必ず後からいくからな！」
滑走路の脇で特攻隊員たちを見送った
将校たちは戦後　郷里の酒宴で自慢した
「あれはすべて外交辞令だった
我々は廃墟の国家を救うために残ったのだ」と

南の空にはオリオン座がかかり
天狼星(てんろうせい)シリウスは蒼白く輝いている
銀河の太陽系三番目惑星である地球の軸は

真実と虚偽　理非と迷妄(めいもう)の間を回っているのか？

むしろ象の足になりたい

館の庭には四弁や六弁の
奇形の桜の花が咲き誇り
満開の薄紅色（うすべにいろ）の彩りの下では
館の貴人や招かれた著名人たちが
歌ったり芸を披露して歓声を上げ
豪奢（ごうしゃ）な酒宴が深夜まで繰り広げられる

象の耳は人では聞こえない
二十ヘルツ以下の低周波を聞き取れ
十数キロ離れた遠方の仲間たちと

連絡を取り合うことができるという
また足は巨大な体を支えるだけでなく
その大きな足の裏で地の振動を受け取り
骨の振動を直接内耳に伝える骨伝導（こつでんどう）によって
更に何十キロも離れた群れと会話ができ
遠く離れた地域の雨や雷を察知できるという
あるいは自らその足で地面を打って
はるか群れの仲間に危険を知らせたりもする
かつて南の海の巨大地震による大津波により
海辺のホテルやカフェや売店や外国人客や
現地の従業員たちの多くが犠牲になったとき
遊覧で観光客たちをその背の上に乗せていた

象たちは象使いの強い制止を振り切って
一斉に丘の上に駆け上がって避難した
おかげで象の背に乗っていた観光客と
象使いらは象たちに命を救われた
象は足の裏で津波の響きを聞き知っていたのだ

餓え衰弱し地に倒れている少女がいる
彼女は地に何を呟いていたのか？
誤爆のため少年を失った若い母親が
跪（ひざまず）き拳で地を打ち何を哭（こく）したのか？
月の明るい静かな夜に
はらりと落ちる一枚の葉の音

幾千万もの生命を育み
はるかな海から流れ来る藍色（あいいろ）の潮の流れ

ぼくは未だに
それらの声や音を聞くことができない
だからぼくは
むしろ象の足になりたい

都会では春でもないのにライトアップされた
奇形の桜の樹の下で日々夜宴が開かれている

緊急避難の値段

海辺に座っていた昔船乗りだった老人から聞いた話である

＊　＊

深夜に航路を外れた大型客船が座礁し
船は前にも後ろにも動くことができなくなった
船底が裂けて割れ目から海水が浸水し始めた
船は徐々に傾き始め乗員や乗客はパニックになった
沈没の危険が極めて高く乗客の命は危うかった

船長は遭難（そうなん）信号を発して救助を何度も要請したが
救助船や救助ヘリの到着は間に合いそうになかった
大型客船には緊急用脱出ボートが備えられていたが
乗客全員が脱出するには少な過ぎ準備も困難だった
船長は船のオーナーに相談し一つの方針を指示された
つまり「金持ちの順に緊急避難させよ」とのことだった

救助ボートの一号艇は大富豪の十人が乗り
沈没しかけた客船から悠然（ゆうぜん）と離れていった
二・三号艇には富豪たちが乗って避難した
その間に船はますます傾いていった
六・七号艇には商人や裕福な町人たちが乗った

六・七号艇の人々は先に逃れた二・三号艇の人々に叫んだ
「お前たちは大金を払って命を買った卑怯者だ！」
暗い海の向こうから二・三号艇の人々の声が返ってきた
「そう言うお前たちも金で命を買った卑怯者だ！
海の上だが『五十歩百歩』ってところじゃないか？
それに船会社の判断は正しかったと思うよ
我々高額所得者は巨額の生命保険を掛けているから
我々が死んだら会社は莫大な保険金支払い義務ができる
この船の親会社は保険会社と繋(つな)がりがあるから当然の措置(そち)だ
我々十人の死は君たち十人の死の十倍以上も高額なんだからな」
そして救命ボートの八・九号艇が用意される前に船は沈没した
船内にはまだ半数以上の乗客が乗っていたが消息は不明だった

*

*

人は何回生まれ何回死ぬのか?

この世では人は何回生まれ
何回死ぬのだろうか?
太陽系第三惑星である
青い海の緑の大地の地球の中で

母の胎内で初めて命の火が点ったとき?
羊水の中で胎児の心臓が鼓動を始めたとき?
母が語りかける声に胎児が耳を傾けたとき?
羊水の海を出てこの世の空気を胸一杯吸ったとき?
母の胸に抱かれ母と心音を響かせ合ったとき?

父と母の下(もと)から離れ自らの力で歩き始めたとき？

心が挫(くじ)けてしまって死んだも同然のとき？
魂がその奥底から壊(こわ)れ果ててしまったとき？
この世の喜びや悲しみを忘れ果ててしまったとき？
生の輝きの中に死の影を感じ取ってしまったとき？
最期の息を吸い胸の心音が止(や)んでしまったとき？
世の誰の心にもあなたが住んでなどいなくなったとき？

この世では人は何回生まれ
何回死ぬのだろうか？
銀河系の宇宙の中の

塵(ちり)のように凋れた地球の中で

白い花びら

一つの愛の有り様(よう)を
宇宙の現象に例えれば
孤高な二つの彗星(すいせい)が
天文学的奇跡によって
互いに出会い共に寄り添い
一つになって輝きを増し
静寂で暗黒の宇宙空間に
光を点(とも)したのではなかったか？

だが太陽系第三番目の星

私たちのこの地球の上では
その思い出は光を放ち
いつも美しいとは限らない
清楚な白百合も
情熱の赤い薔薇も
花びらは黄ばみ蕊(しべ)は爛(ただ)れ
葉と茎は朽ちて腐食していく

冷たい雨が降っている
見上げれば闇の中に白い斑点
澄んだ悲しみがあり
濁った苦しみがある

悲しみが深ければ深いほど
真実に近いわけではない
いつの間にか雨は雪に変わっていた
見上げれば闇の中の白い花びら

スクリーンの雨

どんな言葉も答えにはならなかっただろう
きみはむしろ自ら心を病むことを求めていた
真実と向き合うには余りにも疲れ過ぎていた
ぼくにはきみを生の中に堰(せ)き止めるだけの
度量と能力と感情のゆとりももはやなかった

失われていく記憶の薄明かりの中の淡い影
破れかけた看板の並ぶ薄汚れて油染みた路地
剥がれ落ちたいかがわしい店や映画のビラが
冷たい風に吹かれ道行く人に踏まれていた

あの頃きみと入ったベニヤの椅子の安映画館

時折スクリーンに白い雨が降る映像の中では
別れた妻子の住む家への束の間の訪問を終え
誰にも見送られないまま立ち去ろうとして
トレンチコートに深く顔を埋めた初老の男が
玄関先で扉を閉めるためノブに手を伸ばす
いつの間にか夜の雨が降り始めて濡れたノブが
通りの車のライトに反射して男の顔を照らす

「映画なんて光を失えばただの白い布切れに過ぎないし
誠しやかな嘘は何度も繰り返せば真実に思えるものだわ」

きみは自ら空疎な虚妄（きょもう）の中に逃れ込もうとしていた
それはぼくに力がなかったことへの咎（とが）でもあったのだ
冷たい雨の中を傘も差さず去っていく影が揺れていた

星空のスケッチ

八月の日の夜半にひとり河原（かわら）に立つと
夏の夜空に描かれる大三角形である
琴座（ことざ）のベガと鷲座（わしざ）とのアルタイルと
白鳥座のデネブははや西の空に傾き始め
代わりに秋のペガサス座やアンドロメダ座や
カシオペア座が紺青色（こんじょういろ）の東北の空に現れる

月のない夜空の下の黒々とした河の流れと河原を
満天の星々が彩り豊かに包み込んでいる
赤　橙（だいだい）　黄　黄緑　緑　緑青　青

川面（かわも）を渡る風がささやかな夏の夜の涼を伝える
星々の明かりの強さは距離の二乗に反比例し
星々の色はその表面温度によって決まるという
何億何千万もの星々はどれ一つ同じものはない
一つの生命のように星たちの持つ誕生と運命

まるで奇跡的な輝きを放つ星空の下にあって
地上では貧困と飢餓と戦乱や汚職と疫病（えきびょう）が蔓延（まんえん）し
墓碑銘もなく地に掘られた穴に遺体は投げ捨てられる
幾十年前に味わった悲劇を現代人はまた追いかけている
夜の河は星空をかすかに映して墨色（すみいろ）に広がっている
満天の星々は地球の周りを正しく回っているのに

私たち地上の世は不条理の周りを巡っているのか？
天をゆく星々の中で私たちはどの方向も見失っている

光との出会い

この世には良い出会いがあっても
決して良い別れなどはなく
運命的で悪い出会いがあれば
必然的に悪い別れとなるのか？

夕暮の丘を犬を散歩させる人が通る
茜色(あかねいろ)の空に一つの黒い影となって
彼らの出会いが宿命であったように
彼らの離別もまた必然なのだろう

歴史の中で私たちはいつも盲目だ
過去を見ようとしない者は
現在の真実にも目をそむけ
未来の展望にも目を閉ざす

やがて夕闇がすべてを包み込んでいく
星々の光の囁きが億光年の歴史を語る
何十億年か前この地球に最初に届いた光は
どのような大地を目にしたのだろうか？

流転の種子

花咲く時は光に溢れ
実りの風に種子は飛び
晨(あした)に白露の野に出でて
夕べは荒漠の原に舞う

異国には蓬(ほう)という一年草があり
冬に枯れると根が切れて
球状なって風に地を転がり
適所で実を落とし芽を出すという

吹く風の中に光は溢れ
大地は野の草花を祝福するのに
文明という不毛の糸で固く
地球を縛りつける種が栄えている

地軸は巡り星は去り
我らの夜には黒い雨が降り
断種された季節の街を
異形の種子が転がっていく

療養

別にこの世の人生の
敗残者になった訳でもない
ただぼんやりとしか見えない
人々の顔や街が溶けていき
ぼくは独り道端で　蹲(うずくま)っている
安定剤五十ミリグラム分の一時(いっとき)の酔夢(すいむ)

いまは帰らねばならないだろう
朝霧の立つ小川や村里と
山間(やまあい)の緑の木々や湖へと

そこにそっと深く身を沈め
気をすり減らし病み経た年月を
少しは濯(すす)がねばならないだろう

炉辺(ろへん)に揺れる火と森の伝説と
村人たちの地の喚声と葬送と
はかなくも　かたくなに
じっと暗い空を仰いだ日々
冷たい雨の中に打ち棄てられた
まだ目の明かない仔犬のように

発芽

穏やかな秋の日の午後
静かな深い山の沢筋では
カエデ科の木々の葉が
水晶質の陽に透けている

プロペラ型の翼果（よくか）は風に
くるくる回って乱舞し
親木から遠く離れようとする
淘汰（とうた）のリスクを避けるために

運良く開けた沃土に
舞い落ちたのはぼく
そっと豊潤な苔の上に
身を横たえたのはわたし

やがて風は移り季節は巡り
いずれかの種子に火が点り
柔らかな子葉を陽光に透かし
空に輝かし始めることだろう

変異の春

このごろ俺の目がおかしい
視野のあちこちを蝙蝠(こうもり)に似た
歪んだ黒い斑点が飛び交い
蜥蜴(とかげ)のような影が這い回る

メルトダウンした原子炉からは
何億ベクレルもの放射線が出され
妊婦や嬰児たちの遺伝子を破壊し
未来の子供たちに危険な籤(くじ)を引かせる

ベトナム戦争の「自由」への戦いで
大量に撒き散らされた「枯葉剤」
ダイオキシンによる奇形児たちが
羊水ではなくホルマリンに浮かんでいる

もう春なのか？　先程まで秋だったのに
公園の桜がすでに満開なのだという
俺はもはや見ることはできないだろう
桜の花が四弁だったか五弁だったか？

紺碧(こんぺき)の空　群青(ぐんじょう)の海

雲間から抜けるといつになく空と海が青かった

「貴様よくもおめおめと生きて帰ってきたものだな」
寮に足を踏み入れるや否や上官の鉄拳が飛んできた
俺は口の中を切ったのか血が数滴床に滴り落ちた
それでも何とか身を支え上官の顔を見て立っていた
冷ややかな目付きをした別の上官が言った
「やめとけ　臆病者の性根を叩き直すのがここでの仕事だ
致命的な怪我でもさせて再出撃できなくなれば我々が首だ」
上官たちが立ち去った後　俺は水場を探して外に出た

寮の建物の北側に古い井戸があった
水を汲んで口の中をすすぎ顔を洗っていると
背後から足音がして何か白いものが見えた
蒼白く細身の若い男がハンカチを出してははにかんでいた
「ありがとう　でも俺は人に贈られた恋人か許嫁(いいなずけ)の
大切な品を自分の汗で汚すほど野暮な男じゃないよ」
俺が突き放すと男は顔を赤くして言った
「ち違うんです　妹がくれたんです」
「どっちにしても若い女物だろう?
ほんのりと優しく甘い薫りがした
恋人の物であれ妹さんの物であれ

掛け替えのない宝じゃないか」

そんなことがあって俺たちは話をするようになった
俺より一ヶ月程早く入所した彼は寮について教えてくれた
もともと女学校の寄宿舎を陸軍が接収して「振武寮」とした
「特攻隊」として出撃した者はその時点で殉職扱いとなり
「軍神」として二階級特進扱いで大本営で発表される
そんな軍神が帰還して基地周辺で目撃されては困る
大本営で発表された軍神たちが生きていては軍の落ち度だ
そこで軍上層部は「特攻帰還兵隔離施設」を作った
そこは世間や一般軍人からも特攻の真実を隠す場所だった
「入寮者」には理由はなかった　「ただ帰ってきた者」だった

悪天候による飛行不能や誤情報による敵艦隊不在
エンジンや機体の故障などでの帰投でも関係なかった
特に近年では精密機械の熟練工や整備士が戦地に取られ
その代わりに勤労学生や一般の労働者がその作業を勤めた
当然航空機や機銃などの機器の重要部品の欠陥が多発した
一度出撃し体当たりして軍神となったはずの特攻隊員は
理由の如何を問わず基地に帰ってきた者たちは
「臆病者」として武(ぶ)を振(ふ)るう名の「振武寮」に入れられ
次の出撃に備えて主に「精神的再教育」が延々と続けられた
「臆病を正す」ためとして「反省文」や「軍人勅諭(ちょくゆ)」の清書
「写経」や上官たちによる精神教育という名の罵倒や暴行
「死んだ仲間に申し訳ないと思わないのか」「人間の屑」

「卑怯者」「国賊」「そんなに命が惜しいのか」など
中には精神的に参ってしまって自殺を図る者もいた

彼が入寮させられた理由も馬鹿げたことによるものだった
出撃前夜「武運を祈る」と称して急に上官に呼ばれた
他の隊員たちも全員いた　茶碗が渡されて酒が注がれた
「今夜はお前たちが国に報いる最後の日だ　さあ飲め」
ほとんどの隊員はしぶしぶ飲んだが彼は飲まなかった
体質的に酒は受け付けなかったのだ　彼が断ると
いきなり拳が彼の顔面を打ちつけて彼は床に倒れた
同僚が取り成してくれて別の茶碗の酒を飲んで許された
当日彼は悪酔いで足取りがおぼつかなく左目の周辺は

赤紫色に腫れ上がり視力はほとんどなくなっていた
飛行帽を目深（まぶか）に被って目の周りの変色した腫れを隠していた
やがて医務室に連れて行かれ医官から透明の注射を打たれた
「集中力が高まり振武の魂が鼓舞される薬だ」と説明された
いざ出撃のときとなって離陸したが彼はほぼ片目の操縦で
距離感を失いまた注射の作用でひどい眩暈（めまい）に襲われた
彼は編隊から離れ一機で空の中を回転していたようだ
やがて青い海の中の小島の沖に不時着し漁民に救助された
彼は漁民から手厚く軍に送られたがそのまま寮に入れられた
俺の場合は単純だった　敵艦隊がいなかったのだ
指示された海域周辺を探索（たんさく）したが静かな海が続くばかりだった
燃料の不安もあって俺たちは帰投を決めた

その時突然上空から一斉射撃を浴びたちまち一機が火を吹いた
恐らくレーダーで俺たちの機を捕捉した敵機の攻撃隊だった
我々には反撃するための機銃はないからただ逃げ回るのみだ
さらに俺たちのような下級で名もない飛行機乗りには
新鋭機ではなく二戦級の旧式練習機しか与えられなかった
練習機の速度は遅かったが機体は軽く操縦しやすかった
一方敵機の方は重さは約三倍　出力も約三倍だった
航空機は重い方が降下速度に勝り軽い方が上昇速度に勝る
俺は僚機に爆弾を投下して身軽にし上に逃げるよう伝えた
だがその時には仲間たちは米軍機に追尾され銃撃されていた
俺は機を上に導きながら眼下で僚機が爆ぜる火の玉を見た
機体は何発か被弾したが運よく雲の中に逃げ込み帰投できた

基地では俺がただ一人戻ってきたことで上官にどなられた
それより俺は仲間を救えなかったことを深く悔いていた
一方整備士の一人は俺の機を撫でながら呆(あき)れて言った
「陛下から賜った機をこれ程被弾しつつ帰還したのは立派です」
そしてある雨の降る日　この黴臭(かびくさ)い寮に入れられたのだ

部屋の中に彼の姿がなかったので俺は外に出てみた
半月がかかっていて建物や木々の影が深く地に刻まれていた
果たして裏庭の大きな　楠(くすのき)　の根元に細く黒い影が見えた
彼は幹に背をもたせかけ膝を抱くようにして口ずさんでいた
曲は『埴生(はにゅう)の宿』のようだったが英語のようでもあった
彼が英語で歌っているのを上官に聞かれるとまずいので

俺は楠から離れた場所で見るともなくそっと見ていた
彼は歌いながら泣いているようでもあった
俺の気配に気づいたのかふと歌を止めて木の根元に立ち上がった
彼は目頭を押さえながら言った
「聞かれてしまったかもしれませんがさっき歌っていたのは
『埴生の宿』の原曲です　もともとイギリス民謡なので英語です
それを訳して日本の唱歌としました　そんな例は一杯あって
『蛍の光』と『故郷の空』はスコットランド民謡
『庭の千草（ちぐさ）』はアイルランド民謡
『線路は続くよどこまでも』はアメリカ民謡
日本語訳で歌うと「国威発揚（こくいはつよう）」として賞賛されるのに
原曲の英語で歌うと適性用語（てきせいようご）を使う国賊とされてしまう

元々の曲は同じなのに言葉が違うと互いに敵国となる
音楽はただ一つでそこには国も人種も民族も差別もないはずです」
彼は音楽のことになるとだんだん熱を帯びてくるのだった
「だってどう考えてもおかしいじゃないですか？
明治時代に西洋から文明が入って技術・文化などが芽吹き
音楽だって成長しつつあったのに急に適性用語禁止ですよ
ピアノは〈洋琴〉オルガンは〈風琴〉ヴァイオリンは〈提琴〉
サックスにいたっては〈金属製曲がり尺八〉ですよ！
それからドレミファソは友好国イタリアのものなのに
浅薄であるとして〈ハニホヘト〉に代えられてしまった
一体僕は何のためにイギリスと日本で音楽を学んできたのか？」
彼の悲憤は痛いように伝わってきた

彼は父の仕事の関係で開戦の数ヶ月前までイギリスに滞在していた
音楽を学び将来は日本でも海外でも活躍することを夢見ていた
帰国後彼は音楽の学校に進んだが学徒動員で徴兵されてしまった
そしてかつて敵国に住んでいたという理由で特攻隊に入れられた
何と言う愚かなことだろう　彼のように英語に堪能な優秀な人材は
しかるべき部署に配置して敵情分析や情報収集に当たるべきではないか
近年ではほとんどの作戦で情報が漏れ待ち伏せ攻撃で大被害が続出していた
ところが彼は「卑怯者の特攻隊員」として薄暗いこの寮の住人となっていた

俺たちは全く無益な振武寮の「精神鍛錬（せいしんたんれん）」を一旦終了し
出撃が要請されている別の特攻部隊の同じ班に配属された
一方彼は何かに憑（つ）かれたように音楽の曲作りに没頭していた

「紺碧の空　群青の海　みな天の子　海の子　大地の子……」
いよいよ俺たちの再出撃の日が来た
エンジンの出力を上げて滑走路を進んでいくと
上官たちが「俺たちも必ず後から行くからな！」と叫んでいた
だが俺は知っている　同僚から直接聞いたのだ
上官が「あれは外交辞令だ」と話していたと
それに士官学校卒業のエリート将校たちは部下に命令できても
操縦席で自ら危険な飛行機を操ることはほとんどできなかった
滑走路の端では女学生たちが桜の枝を掲(かか)げて見送ってくれた
飛行機の速度が上がり基地の周りの風景が空に溶けていった
地上の人や地上の全てに別れを告げて全機離陸し予定の航路を取った
ぎりぎりまで雲の中に隠れながら敵艦隊に接近する手はずだった

雲間から抜けるといつになく空と海が青かった
群青の海の中には逆光で黒い点のような夥しい艦艇が見えた
俺たちは急降下を試み敵艦に迫ろうとした
だがすでにレーダーで察知されていたのか
高射砲や速射砲や機関銃の嵐が襲ってきた
まるで弾丸の幕「弾幕」に包まれているようだった
放射状の弾丸の帯が火花を発して迫ってくる
たちまち一機が火を吹き海中に没していった
右手にいた彼の機も被弾し煙を吐きながらも敵艦を探していた
彼が何か空に向かって右手の拳を突き上げる仕草をした時
機体から炎が上がり機は青い空中で跡形もなく爆発した

こんな状況では被弾するか否かは技量ではなく運だけだ
どこか撃たれたのか？　気がつくと
操縦席の風防硝子（ふうぼうがらす）に幾つも穴と罅（ひび）があった
操縦桿が急に重くなっていく
故障かそれとも俺の力がなくなったのか？
ほとんど目が見えなくなっていた
頭をやられ血が目に入ってきたのか？
また機体のどこか撃たれたみたいだ
瞼（まぶた）の裏の紺碧の空　群青の海
彼はどんな曲を作ったのだろう？
空に突き上げた右手の拳は何だったのだろう？
目の底の敵艦隊の黒い影

俺は最期の力を振り絞って
黒い点を目がけて突入しようとした
だが真っ青な空と海がぐるぐる回り
俺は虚しく燃える翼となって
その渦の中に落ちていくのだった

※振武寮（しんぶりょう）：旧日本陸軍航空軍司令部内の施設。当時の福岡女学院の寄宿舎を接収して設置された。特攻隊員の出撃は一回・一方向のみで、殉職し「軍神」として大本営で発表される。ところが、悪天候や機体の故障などで生きて帰投した隊員たちは「軍にとって不都合な」存在であり、「臆病者」として人目を避けて寮に隔離された。

十万年後の子守唄

※フィンランド南西部ボスニア湾に面したオルキルオト島に原子力発電所がある。国は何億年も安定なユーラシアプレート上に存在。また島は強固な岩盤からなり、核廃棄物最終処分場の最適地として世界初の建設が始まった。地下約五百メートルまで縦穴を掘り、さらに横穴を伸ばして廃棄物を埋設する計画で、「オンカロ(洞窟の意)処分場」と名付けられた。危険な高濃度核廃棄物は最低十万年後まで地下に保管され続けるという。

「皆さん、ようこそ。お年寄りや会社員、お母さん方にも来て頂いて、オンカロ処分場の素晴らしさを説明させて頂きます。科学的で安心かつ美しいこの模型をご覧下さい」

「何だか、現代アートの作品みたいだね」

「上下の管が縦穴で水平の管が横穴です。核廃棄物は縦穴から降ろされた後、横穴に送られ所定の場所に置かれます。後は時間が解決してくれます。絶対安全で確実な方法です」

「で、私たちはいったい何年待てばいいのですか？」

「いえいえ、お母さん方も子供さんも何も待つ必要はないのです。誤解を恐れずに言えば、ただ、『うっちゃって』置けばいいのです。ほんの十万年間……」

「えっ、十万年間も！　私が何千回お婆さんになればいいのかしら？」

「『うっちゃって』置くって？　ただ、それだけかね？」

「まあ、勿論、しかるべき職員が定期的に見回りや点検、補修をするでしょうが……」

「でも、地震や津波とか火山などは大丈夫かね？」

「それはご安心ください。この処分場のあるフィンランドは堅固なユーラシアプレート上にあり過去数百年間、巨大地震が起きていない非常に安定な地域なのです」

「ということは、処分場は十万年後も変化しないということなんだね？」

「その通り。多くのプレートが衝突し合う米国西海岸や日本など、巨大地震が多発する地域は別にして、少なくともわが国は千年や一万年や十万年は安定でしょう。さらに、オンカロ処分場は固い花崗岩質の岩盤からなり、極めて強固です」

「たとえ地震はこなくても、処分場の施設や建物は時間の『古び』に耐えられるかの？　わしは婆さんと結婚した年に家を建てたが、ほぼ十年ごとに屋根や外壁を補修してきた」

「駐車場にひびが入ったし、外壁に黴（かび）が生えていたわ。まだ、五年も経ってないのに……」

「多くの家は地上にあり、日光や風雨や雪によって日々、損傷、風化を免れませんが、オンカロは地中深くにあり、それら自然による劣化、腐朽は心配ありません」

「ところで処分場完成後、その周辺に子供たちが遊びで入ったり、一般人の出入りなどについてはどうなるんだい？」

「そこなんですよ。住民の皆さんのお知恵を拝借したいところは」

「つまり、厳重な『立ち入り禁止』とすれば、極めて危険なものが埋まっていることを皆に知らせてしまい、テロや盗掘の危険ができるということじゃろ？」

「かといって、何も標示しなければ子供たちが自由に遊び場にするかも知れないわ。冒険好きな子供たちが処分場の入り口を見つけて入り込んだりしたら……」

「周りはフェンスで囲い人や動物の出入りはできないようにする予定です」

「十万年間もフェンスを保てるのじゃろうか？」

「フェンスの件は別にして、今日の目的のもう一つに、皆さんは処分場に何か標示を掲げるべきか否か、もし掲げるなら、どんな標示が適切か教えて頂きたいのですが」

「子供を持つ身としては、危険な物は危険として本当のことを書くべきよ。『核廃棄物最終処分場につき危険　立ち入り厳禁』などとね」

「でもそれは何語で書くんだい？　まず、わが国の公用語であるフィンランド語とスウェーデン語？　または、別の言語なの？」

「わが国は十二世紀から十九世紀の初めまでスウェーデンに統治されて、スウェーデン語が公用語になっていたのじゃよ」

「フィンランドは独立してから、まだ百年しか経ってないんだ」

「では十万年後にはこの国はどこの国や民族に支配されているか分からないわ？」

「フィンランド語の文字表記ができたのは確か十六世紀でしたね」

「歴史上の文化や言語は数世紀単位で変わるんだ。十万年なんて想像できないよ」

「確か、ネアンデルタール人は約三万年前に絶滅、十万年前に人類の祖ホモサピエンスが誕生し各地に移住していったとされている。つまり、十万年前から三万年前までの七万年間はネアンデルタール人と人類は共存していたことになるんじゃ」

「では一体、私たちの子孫は三万年後や十万年後には、何人になっているのかしら？　それとも、ネアンデルタール人のように絶滅なんて……」

「皆さん、話が歴史や人類学になっているようですが。今ここでの目的は処分場の標記として、どのようなものがふさわしいかという議論をして頂ければ……」

「まず、本国の公用語としてフィンランド語とスウェーデン語を併記する。それから、現代の世界の共通語として英語とか……」

「だが、時代や文化の変化によって『言葉』も変わっていくものだ。だから、フィンランド語や英語だって永遠ではないということじゃ」

「では、誰にも分かる絵文字はどう？　これなら、どんな言葉を話す人たちにも分かってもらえるわ」

「そりゃ、名案じゃ。絵文字なら子供にも分かってもらえるじゃろう」

「例えば、危険なものとして毒蛇や虎、安全なものとしてウサギやパンダなどどう?」

「いいぞ、いいぞ。何となくイメージがわいてきたわい」

「でも、進化論によれば、昔、馬は犬程の大きさで蛇には足があったという。十万年後に毒蛇の毒はなくなり手足が復活し大人しい生き物になり、パンダに凶暴な牙や爪が生えてきたりしたら……。全ての生き物の姿や形が変わっているかも知れないよ」

「そうか、絵文字がだめなら、いっそ何にも書かない方がいいいかも知れない……」

「それは名案じゃ。そうすれば、少なくともテロや盗掘は防げるわい」

「ちょっと待って、これでは何のために話し合っていたのか分からないよ」

「まあ、ここは抑えて進化論の話は置いておきましょう。この国の国教はキリスト教福音ルター派とフィンランド正教会です。神は永遠で神の姿に似せて人類を創り、また、他の動植物もお創りになりました。神が永遠であるように人類もまた永遠なのです」

「わしゃ、正教会じゃが」

「私は福音ルター派よ」

「ぼくは無宗教だけど」

「いろいろなご意見ありがとうございました。多くを参考とさせて頂いて、今後の処分場運営に役立てたいと思います。まさに、神は永遠なり。オンカロも永遠なり」

「しかし、十万年後に私たちの子供たちが母親になったとき、本当に腕の中の赤ちゃんに子守唄を歌って上げられるのでしょうか？」

少年と落葉

日も暮れかけて
公園にはもう人影がなかった
その外側の林は落葉がいっぱい
ニレやコナラの葉が散り敷いている

少年は走る　林の中を走る
落葉の中を駆け回る
足音で違いがわかる
乾いた落葉　湿った落葉
厚く積もった落葉　地にまばらな落葉

一足ごとに音が違う

少年は駆ける
落葉の音が少年を追う
少年は逃げる
やがて落葉の音が少年に先立つ
少年はその後を追う
落葉は風にぐるぐると回る
少年もいっしょにぐるぐる走る
林の中を落葉と少年は駆け回る

少年には帰る家も場所もない

父は知らず　母は仕事に出たままだ
インスタント食品ばかりの食事
でも世の中には食べられない子もいるんだから
どなられたりぶたれたりする子もいるんだから
ぼくは幸せなほうさ

少年は走る駆ける
落葉の音が後を追う
やがて少年が落葉になり
落葉が少年となって駆け回る
彼らは木々の間を巻き上がり
紺青（こんじょう）の夜空を高く舞い上がる

房(ぼう)の中

朝の光に叫んでも
返ってくることはない真実の言葉
夜の闇に祈っても
答えてくれることはない真理の声

時おり俺は夢で叫んで
その大声で目が覚める
鉤型(かぎがた)をした異様な自分の両腕で
自ら首元を絞(し)めつけているのだ

そんな夢の話である

何年か前にすべての人が個人登録され
氏名・年齢・性別・職業・家族関係・出身地・親戚
資産・思想・血液型・容姿などが一元（いちげん）管理された
これらの施策（しさく）により脱税や詐欺や犯罪などが減少し
国は「社会はより安全・安心になった」と宣言した
だが政治家や資産家たちは政治や高額な納税による
社会的貢献が大だとして管理の適応を免除された
俺たちは本当に「安全・安心」となったのか？

不平等な労働・賃金・待遇・環境・民族差別などに

抗議しようとするとすぐに警察が押しかけてくる
全ての都会や町や田舎でさえも監視カメラが設置され
顔や生体認証・通話記録などから個人の行動が見張られる
当局から「三人以上、三分以上、三メートル以内」の人々の
集まりや会話は違法とされる「三禁」法が施行された
この法律を犯したものは即時逮捕され取り調べられて
裁判もなく「適切な社会生活のための学習施設」に送られる

妹の娘が結婚するというので俺は姪のお祝いの品を買い
夕食後に家を出て妹夫婦と姪に合って楽しい一時を過ごした
帰りの夜の道で俺は突然警察に捕まり署に連行された
「三禁」の法を犯したというのがその罪状らしかった

俺はつい大声で自分たち民族の言葉で早口に抗議した
だが「国語」しか許さない彼らは俺を重罪犯にした
「適切な社会生活学習」のためとして収容所に送られ
健康診断と採血が済むと俺はそこで暮らすことになった

個人登録番号と新たに健康状態や血液型が組み合わされ
さらに詳しい「囚人登録番号」が付けられて管理された
ある日看守らにより番号が左腕に電気ゴテで焼印(やきいん)された
「ＨＬＡ－Ａ２Ｂ４Ｃ３ＤＲ８－００７３５１６ＢＯ」
一生消せない腕のこの番号が俺の囚人名となったのだ
その後番号区分によるのかまた別の収容所に移送された

どうもおかしい　何か変だ
右隣の独房の囚人が急にいなくってしまった
普段はうるさいほど大声で俺たち民族の歌を歌っていたのに
贅沢ではないがきちんとした食事や「健康体維持」のため
として高い塀で囲われた野外での体操や駆け足訓練も妙だ
もし俺たちが「国家の役立たず者」なら労役させればいい
だが独房では「健康体維持」のためだけのように時を過ごす
俺たちはいつか「出荷」される日まで「飼育」されているか？
野外体操のとき見えた塀の向こうの病院らしき建物も変だ
俺たち収容者のための医療施設にしては余りに豪華すぎる
まるで国の最高幹部や海外からの富裕層の建物のようだ
時折恰幅の良い中年男や長い金髪の女が窓から顔を覗かせる

何となく俺は分かってしまった気がする

以前医療方面で働いていたことがあり多少の知識があるのだ

左腕に刻された俺の囚人番号の文字をどこかで見た気がする

「HLA」の「H」はヒト「L」は白血球型「A」は抗原

つまり「ヒト白血球型抗原」で臓器移植の重要指標となる

俺たちは臓器移植のドナーとして飼育されているに違いない

特に俺たちの同胞は神の教えによって酒を飲むことはない

当然肝臓などの内臓は一般的に良好で「上物」とされ

金持ちたちの間では普通人の臓器の三倍の値で売れるという

いつか俺も隣の囚人のように独房から引きずり出されるだろう

だが今の俺はだめだ　そんなことになるわけにはいかない

来年の春には妹の娘が結婚をする
身寄りのない兄妹二人で妹にはどんなに苦労をかけただろう！
せめて花嫁の栄えある母親の姿を兄として見届けてやりたい
だから俺は独房から出荷ではなく収容所からも出る必要がある

俺は看守にこっそりとメモを渡した
「どんなことでもするから春までに俺を出してくれ」と
何日かして返事があった
「明日の夜中　左隣の男　鍵は両方とも開けておく」と
その夜俺は密かに自分の房を潜り抜け隣の房に近づいた
果たして鍵は開いており俺はそっと忍び込んだ
相手の男の静かな寝息が聞こえている

俺の心臓の打つ音が耳鳴りのように高く響いた
だがやるしかなかった　妹の幸せな姿を見る義務がある
いずれこの男もここで殺されあの病院で使われるのだ
俺は覚悟を決めて男のベッドのそばに立った
相手の顔は見えなかったが俺は首元に狙いを定め
両腕を鉤のように曲げて両手で男の首を絞めつけた
俺は男の喉の軟骨が潰（つぶ）れるような鈍い音を聞いた
男は苦悶の表情をして俺の手を押し退けようとした
その時俺は見た　男の左腕の囚人番号を　俺と同じ番号を
「HLA－A2B4C3DR8－0073516BO」
同時に看守が囁いた言葉を思い出した
「鮮度（せんど）が落ちないよう必ず仮死状態（かしじょうたい）にするんだぞ」と

俺はつい指と腕の力を緩めてしまった
男はもがきながら苦悶の声を張り上げた
俺は恐怖で叫びその大声で飛び起きた

白い道

北緯十度から約二十八度までにわたる南北二千キロほどの
熱帯から亜熱帯気候の国の中東部に約千メートル余の山地がある
山頂付近は眺めがよく平地より七度ほど気温が低く冷涼で
その国が植民地時代から宗主国の上流階層が住居および
避暑地として豪壮・華麗な洋風邸宅を建てて住んでいた
ところが戦争が始まって旧支配層は退却・放逐されて
新たに別の国の軍隊が支配し避暑地をそのまま接収した
本国では敵国用語の使用が固く禁じられる中で異国では
豪壮・華麗な洋館が将校らの邸宅および司令部となった
やがて上級将校らの邸宅の近くには高級料亭ができ

本国各地から選りすぐりの芸妓たちが置屋に住んだ
日が落ちると早くも将校らと芸妓らの酒宴が開かれた

豪華な料理とともに極上の酒が振る舞われた
時おり本国では「敵国品」とされるワインも出された
宴席では将校たちが女たちを巡って争いが絶えなかった
ある時一人の芸妓のために決闘騒ぎが起きたこともあった
会場は興が乗りざわめき乱れ嬌声と罵声が乱れ飛んだ
いつしか宴席の真ん中あたりで野球拳が始まっていた
大佐の参謀と豊菊という芸妓だった
すでに参謀は褌姿で豊菊は肌襦袢姿だった
酒と興奮で真っ赤になった参謀が言った

「次に豊菊が負けたら襦袢をはだけるんだぞ！」
豊菊の頬に恥じらいの色が浮かんだが覚悟は決めていた
果たして彼女は負け潔く襦袢を腰まではだけた
白い豊かな胸が現われ満座から歓声が上がった
その側にいた妹分の雛菊が溜息をついた
「いつ見ても豊菊姐さんのは立派やわぁ
うちのなどまるで小梅のようで恥ずかしいわ」
「そんなことないぞ　雛菊のもなかなか綺麗だぞ」
検診や医務など担当の軍医が席の端から叫んだ
宴席にはまた笑いの渦が巻き起こった
参謀は口髭をやや震わせながら言った
「次に自分が負けたときには豊菊に劣らないほど

血気盛んな一物がご覧いただけるでしょう」

果たして次は参謀が負けたが褌を脱ぐ代わりに

半裸の豊菊を抱け上げ宴席を去りながら言った

「自分は大切な命令を思い出しましたので

奥の部屋で柔らかく温かい肉蒲団の上で

今後の作戦について練り直してきます」

酒宴はその後も盛り上がっていた

宴席の隣の部屋で司令官が前線の様子を通信兵に尋ねた

通信兵は事実を伝えかけたが突然司令官が怒鳴った

「なんだと一日で一つの山も越せないだと？

たるんどる！　それでも日本男児か兵隊か？

死んだ気でやれば何でもできるんじゃ！」

前線では作戦の始めから苦難が続いていた
もともと軍の参謀長や将校らは作戦に反対だった
武器弾薬や食糧医薬品などの兵站（へいたん）が全く無視されていた
敵地に辿り着くまでに全長千キロもある大河を渡り
さらに二千メートル級の山脈を越えなければならない
空からの支援はなく逆に敵機の来襲が予想された
しかし参謀長はじめ多くの将校が解任・排除され
反対者は次第に口を閉ざしていくことになった
やがて本国の大本営から作戦遂行の認可が下りた
ある日上機嫌の司令官から指示があった
「牛に物資を運ばせると共に羊・山羊と一緒に食用にせよ

兵站の不安を一気に解決する『ジンギスカン作戦』じゃ
敵は弱くすぐ勝てるから戦利品の食べ物は豊富なはずだ
行きの食糧だけで十分で戦地での補給の心配など考えるな」
命令は前線基地から約四百キロも離れた避暑地の料亭からだった
距離は東京・大阪間　ロンドン・パリ間以上に相当する
現地では地元の牛三万頭・羊と山羊らが一万頭徴発（ちょうはつ）された
総兵力九万人のうち六万人が陣を出て残りが後方に備えた
兵士らは五十キロほどの重装備で何万頭の家畜を連れて出かけた
しかし『ジンギスカン作戦』は始めからつまずいた
現地の牛は田畑での農耕や牛車引きには適しても
背に重い荷物を載せて歩くのは苦手だった
まして全長千キロもの大河を渡ったことなどなく

向こう岸に着くまでに約半数の牛が物資を背負ったまま
また食料用の羊・山羊なども多数が流されてしまった
さらに山脈越えも兵士や家畜たちにも惨いものだった
何とか河を渡れた牛たちも険しい山道は始めてであり
平地での農作業に適応した牛たちに山登りは無理だった
それに何万の兵士らが家畜を連れて河を渡り山を伝う姿は
敵機の格好の標的であり激しい空爆にさらされた
たとえ直撃を受けなくても爆発音に家畜たちは逃げ惑い
物資を背負ったまま散り散りに山を駆け下ってしまった
こうして武器弾薬や食糧が乏しい中の苦しい行軍だった
敵軍よりもむしろ飢えとの戦いが「敵」だとも言えた
四百キロも離れた料亭の司令部から司令官の檄（げき）が飛んだ

「食糧がなくて戦えないだと！
我々日本民族はもともと農耕民族だった
草食動物なのだ　米や肉がなくてなんだ？
ジャングルの中には草や根が一杯ある
草を食えば十分だ！　補給など断じて必要ない」

敵軍は空輸作戦により豊富な補給体制を確立していた
さらに暗号解読により日本軍の行動が筒抜けだった
たとえ大河や山脈を飢餓と戦いながらかろうじて
越えることができた兵士らも軽装備で弾薬不足だった
相手の戦車・迫撃砲・機関銃などの圧倒的な重装備に対し
なす術（すべ）もなく戦死・負傷・敗走を余儀（よぎ）なくされた

七月に司令部から作戦中止が正式決定されたが
すでに雨期に入っており撤退のほうがむしろ苛酷だった
飢えに苦しみ泥水に浸かり数万の兵士が山道を引き返した
時おり敵軍の陸や空からの攻撃にもさらされた
餓え衰弱してマラリアや赤痢に罹る兵が続出した
病気や飢餓による戦病死者の屍が山道に延々と残された
南国での高温や風雨に洗われた遺体はすぐに骨となった
数万の死者の白骨が山道の退却路に沿って累々と続いた
遅れて退却する兵士らは帰り道を誤る心配はなかった
夜目にも白々と続く道が彼らの目指す道だったからだ
その白い道は後に「白骨街道」と呼ばれた

※この無謀な戦いで、戦死者約三万人、傷病者約四万人、行方不明者千百人以上の甚大な犠牲者が出た。しかも死者のうち六割以上が戦闘ではなく、餓死および衰弱による病死だった。この戦いの後、その司令官は軍法会議にもかけられず責任を問われることもなく、ただ予備役に編入されただけだった。何故ならそれは大本営が認可した作戦だったからである。

天国への殉死者

古代中国の秦の宣太后は若くして王を亡くし
年若い昭襄王に代わって異父弟らと共に朝政を執った
昭襄王の治世前期に宣太后らは権勢をふるっていた
しかし王が長じるに及んで彼らの力は衰えていった

宣太后は情夫の魏醜夫を寵愛していた
太后が重い病に臥しまさに死せんとしたとき
近習の者たちに令を出して言った
「私を葬るときには必ず魏子（魏醜夫）を殉死者とせよ」と
魏子はこれを聞き思い悩んで生きた心地もしなかった

そこで近習の庸芮（ようぜい）が魏子のために太后に説いた
「死者には知覚があるとお考えですか？」と問うと
太后は「知覚はないだろう」と言った
そこで彼は言った
「もしも太后さまの俊英（しゅんえい）なる御霊（みたま）にして
明らかに死者に知覚がないのでしたら
生前にご寵愛の今生きている男をどうして
知覚がない死者のあなたのために葬ろうとなされるのですか？
またもし死者に知覚があるものならば
先にお亡くなりになり天国でお暮らしの先王さまは
さぞ太后さまと魏子のご関係をずっとお恨みでしょう
ましてやそこへ太后さまと魏子が

お二人で仲良く連れそって行かれるとしたら
先王さまは烈火（れっか）のごとくお怒りになりましょう！
とても魏子と密通などできますまい」
太后は「分かった」と答えた
そこで殉葬（じゅんそう）は取りやめになった

出典：『戦国策』「六八　秦下　昭襄王6」より　講談社学術文庫　近藤光男訳注
秦：古代中国の春秋戦国時代の大国の一つ。前二二一年に諸国を統一し秦王が自ら始皇帝と称す。前二〇六年に漢の高祖に滅ぼされた。　宣太后：秦の第二六代君主恵文王の側室。昭襄王の生母。始皇帝の高祖母。　昭襄王：秦の第二八代君主。始皇帝の曽祖父。

祈る心

神は
天の上に人を造らず
天の下に人を住まわす

仏は
慈悲の　掌（たなごころ）　の上に人を乗せると言われるが
選ばれない多数の人は地上で蠢（うごめ）いている

神や仏の前では
人はみな平等なはずなのに

生前の地位や財産と人種や家柄によって
寄付や便宜の多寡によって
死後の位階が決められる
教会や寺院の改築などの費用は
位階によって割り当てられる
その額が支払えない場合は
「村八分」にすると脅される
この世では人はみな平等なはずなのに

神父や僧侶の権力は強く
昼は小型車で信者の家を回って寄付を募り
夜は別の車庫から白いベンツをそっと出し

街中（まちなか）を乗り回しては高級クラブに入り浸（びた）る

人間のこの歴史の中で
神の名の下に
仏の名の下に
一体何万もの戦争が殺戮（さつりく）が行なわれたか？

だが
神がいるにしろいないにしろ
仏がいるにしろいないにしろ
人々は祈る心は持っている
赤ん坊が今にも生まれようとする産院の

ベッドの傍らで産婦の手を握りしめる温かい手
土砂崩れで埋まった家の人たちの救出を信じ
激しい雨に打たれながら待ち続ける人たちの顔
重体で手術室に運ばれた子供の安否を気遣い
赤い手術灯の明かりを見つめ続ける父母の目

神は
天の上に人を造らず
天の下に人を住まわす

仏は
掌の上の人たちに慈悲を語るが

下界に暮らす多数の人は地で蠢いている

だが
神がいるにしろいないにしろ
仏がいるにしろいないにしろ
人々は祈る心は持ち続けるだろう

目覚めのない眠り

乾いた灰色の眠りの後の
物憂(ものう)く薄暗い目覚めに
俺は心身の感覚から離れて
闇空の下の小石となった

奥底のない暗い眠りの後の
粉末状(ふんまつじょう)の白い目覚めに
俺の全ての思念は脳髄(のうずい)を離れ
悲しく燃えて灰となった

いつの時代も驕慢(きょうまん)な夢に
華やかな街を駆け回らせた
俺は目も耳も鼻も心もない
藁(わら)でできた人形同然だった

この俺たちはいつの日か
また辿り着けるだろうか？
生まれる前の無色透明な
目覚めのないあの眠りの中へ

白い蛾（が）

草木の花粉の匂いが悩ましい
そんな静かな暗い夜更け
開け放した部屋の窓から
一匹の白い蛾が羽音も高く
生そのものであるかのように
つと飛び込んできた

狭い室内を我が物顔で旋回しつつ
光への渇望（かつぼう）に酔いしれて
やがて電気スタンドの灯に

誘われ惑わされ欺かれて
笠の隙間に迷い込み自由を奪われ
頬杖をつく多感な少女たちの
傾げた白い項(うなじ)に宿った
甘い夢に囚われたように
一つ所で羽ばたきながら
烈しく身を焦がしている

夜の浜辺にて

「人は死んでもその人の面影が
私たちの心の中に生き続ける限り
その人は死んだことにはならない」
と誰かの言葉を聞いたことがある

だが波に掻き消されてしまった
浜辺に描いた絵のように痕跡もなく
共に生きた思い出すらない死者たちは
一体どこに生き続けるのだろう?

夏の夜の中天から東の水平線にかけて
青緑色(あおみどりいろ)の流星が紺色の空を切った
月明かりのない暗く丸い海原の上に
さそり座の星が赤々と燃えていた

何を見ても何を聞いても意味などなかった
浜辺に寄せては返す白い波と砂の呟き(つぶやき)
潮風が運んでくる海鳥(うみどり)と魚たちの生の気配
だがあなたは其処(そこ)にも何処(どこ)にも居なかったのだ

不運な出会い

夕暮の空が茜(あかね)色から
青紫色に変わっていく
人生の中でいつまでも残る
思いや光景や感情は少ない

私たちの日々の時間は
砂時計の砂に埋もれていく
遠い空の下で跡形もなく
消えていった面影や風景たち

幸運な出会いは
およそ平凡なものだが
不運な出会いは
常に劇的なものだそうだ

あの日私たちが思いがけず
粉雪の舞う橋の上で出会い
篠突く暗い雨の橋で別れたのは
不運な出会いのせいだったのか？

虹のベール

酷(むご)すぎる真実は人の心を深くえぐり
神経の細胞に取り返せない傷跡を刻む
だから悲惨な現実に人は虹のベールをかける
「顔を上げて今を生きよう　明日のために」

葬儀に訪れた黒い服の人波が押し寄せ
焼香の煙で揺れる哀悼と嘲笑の顔
「気をしっかり持つのよ　頑張ってね」
この世では慰めは一時(いっとき)の阿片なのか？

人は暗黒の宇宙に生まれ宇宙に帰る
火葬場の煙突から空に昇る灰色の煙
肉体の分子が宇宙空間へ拡散していく
その夜　葬式の後で行われた邪淫（じゃいん）な宴

死の恐れを包み込むモルヒネが投与される
だが死者は残された者たちに謎をかける
意味不明な遺言書　見知らぬ連帯保証書
この世では慰めや同情は一時の阿片である

薄紅（うすくれない）の闇

静かな夜　桜の樹の根元に
じっと腰を下ろしていると
黒い枝々から幾片もの花びらが
遠く過ぎ去った歳月の
薄紅の残影（ざんえい）を　翻（ひるがえ）しながら
舞い落ちてくるのだった
美し過ぎる思い出には
いつも痛みを伴うものなのか？

あの頃ぼくらはむしろもっと

肩を寄せ合うべきだったのだろう
昨日を悔やみ今日に疲れ果てて
明日に踏み出すことができなかった
きみの蒼ざめた細い項(うなじ)にも
はらはらと花びらは散りかかり
冷え切ったはるかな思い出が
薄紅の闇の中に呑み込まれていった

重力の雨

灰色の重力の雨が降っている
海や山に村や街に森や川に
半月の明かり程の不確かさをもって
きみの心の中に重力の雨が降る

黒い重力の雨が降っている
難民キャンプや大豪邸に刑場や病院に
深海の暗黒の確かさをもって
きみの胸の内に重力の雨が降る

遠い記憶が美しいとは限らない
一人取り残された部屋で天井の木目を数え
顔さえ見られない死体を父だと告げられ
去っていく恋人を仮面の笑顔で送る

透明な重力の雨が降っている
生きることは重力に抗(あらが)うことなのか？
地中から上に向かって重力を押しのけるもの
草木や稲や麦の芽と人々のささやかな希望

四季の花

春の風の中に
桜の花びらを散らせば
薄紅色の闇の中で
「散華（さんげ）」した人たちの声が聞こえるだろうか？

夏の光の中で
咲き誇る夾竹桃（きょうちくとう）の赤い花
原爆の銀色の閃光（せんこう）に射貫（いぬ）かれ
真っ黒い灰となって宙に舞い上がるだろう

秋の風の中に
秋桜（コスモス）の花びらを撒（ま）けば
紅・白・紅紫色（こうししょく）の色彩の綾の中で
私たちの思いや感覚は惑わされるだろう

冬の光の中に
凍った窓に貼り付いた雪花（せっか）を見れば
樹枝状の六角結晶の全身を輝かせ
次に来る季節への憧れに震えているだろうか？

※「散華」：①仏を供養するため花をまき散らすこと。②戦死を美化する言葉。特に特攻攻撃での死を「華と散る」と称えた。

幼きもの

幼きもの
その小さな手の中に
なにを握りしめるのか？
母親の胎内の羊水の一滴（ひとしずく）か？

小さきもの
その柔らかな手の中に
なにを握りしめるのか？
人々の愛情と温もりの一塊（ひとかたまり）か？

※桃の木の若々しく　光り輝くその花
桃の木の若々しく　満ち溢れるその実
桃の木の若々しく　盛んに茂るその葉

柔らかなもの
その幼き手の中に
なにを握りしめるのか？
人の心の優しさと未来への夢なのか？

※詩中、九行から十一行までは中国最古の詩集『詩経』中の「桃夭」を参考にした

微熱の春

草木の芽や花々が山野に溢れ
生命の煙霧(えんむ)に神経は麻酔され
血管の壁に情欲と狂気が巣くい
眼球の内を暗い風が吹き過ぎる

雑居ビルの狭いエレベーターの中で
昼休みの若い女たちが犇(ひし)めいている
香水を振り撒いた胸元から立ちのぼる
互いの発情ホルモンに噎(む)せ返りながら

何というこの病んだ実在と虚妄
おのれ自身さえ保持することなく
わたしらは物事を有りのままの姿で
見ることも捕らえることもできない

この地球のほんの向こう側では
殺戮と飢餓に地は裂かれているのに
わたしらの意識はこんなにも眩(くら)んでいる
微熱の春の気に心身を酔わせながら

光の中の闇

光の中になお光があり
闇の中になお闇がある
高熱でうなされて目覚めた夜の
少年の日のあの絶望的な孤独感

光の中にこそ闇があり
闇の中にこそ光がある
八月の空の中の閃光(せんこう)は
街を焼き人を灼(や)き尽くした

一瞬に一万数千トン分もの爆裂
石段の上に焼き付けられた人の影
投げ出された弁当箱の炭化したご飯
知らされる事はなかった空襲警報

予期せぬ現実は夢や幻に似ている
温もりや優しさは一種の阿片（あへん）なのか？
自分は色彩のない深い眠りではなく
一体何色の眠りの中にいたのだったか？

蒼ざめた地球

わたしたちは一体この町に何をしたのだ？
下校時の通学路から幼い女の子が連れ去られ
凌辱（りょうじょく）を受けその遺体が森の中に棄てられる

わたしたちは一体この森に何をしたのだ？
樹齢三百年もの大木がたったの数分間で
伐り倒され裕福な国へと売りさばかれていく

わたしたちは一体この国に何をしたのだ？
かつて軍旗の下　兵士たちは船に押し込められ

戦地輸送の途上で沈められ海の藻屑となった

わたしたちは一体この海に何をしたのだ？
群泳する魚たちで銀色に光る帯の遥か奥深く
闇の底へ地球の溝に密かに廃棄物が投棄される

わたしたちは一体この地球に何をしたのだ？
文明の名の下に地表は裂かれ掘り起こされ
海も川も大地も地中も人々によって汚され
有毒物質や殺戮兵器や核廃棄物で脅かされ
蒼ざめて震えながらもなお新しい生命を生み
育み続けている宇宙の中のこの哀れな惑星に

胎児の子守唄

地球は宇宙から生じ
海は地球から生じ
生命は海から生まれ
人々も海から生まれた

胎児が母の子宮の羊水を飲み
母の心音と呼吸と子守唄を聞くとき
胎児は安らぎの海の中にいるのか？
暗い水に潜む不安に戦(おのの)いているのか？

鮮やかな茜色に染まった夕空の丘を
級友らから殴られた一人の孤児が歩いていく
地球の世で生きるには嘘も必要だと知った日
怪我で捩れた腕よりも胸の方が痛かった

海から生まれた生命
地球から生まれた海
宇宙から生まれた地球
胎児の子守唄は宇宙の脈動だったのか？

凪（なぎ）

風も波も星々も灯火もなく
ひっそりとした漁村の入江は
暗い空の下で黒々と息を潜め
音もなく深い眠りの中にいる

時おり浜の波打ち際を蟹が這（は）い
湾の水面（みなも）を跳ぶ魚が打つ音がする
月も星もない夜の浜の生の息吹
この世界には何処にもないものはない

お前は不眠の苦悶と不条理な世の
絶望に歪んだ悔恨（かいこん）の石くれを
一人浜辺から暗い空に向かって
えいっと力の限り投げ上げる

夜空の中で描く石くれの放物線
やがて凪いだ水面が弾ける音と
それに呼応する魚たちの跳躍（ちょうやく）
夜光虫の青白い光の擾乱（じょうらん）

山間の道

秋が深まると山間の湖に虹鱒が跳ねる
紅葉や黄葉を映した色鮮やかな湖面に
波紋が水の生き物のように広がっていく
この世が常に平等で公正ではないように
季節は必ずしも平等であるわけではない
季節の山と谷　光と闇　開花と凋落

山間の細い道を少年が一人歩いている
昼は荒れ果てもはや口笛も吹けない
家に帰ってもどうせ夜までは誰もいない

辛いのは悲しみや苦しみがないことだ
独りぼっちも虚ろで色も形もないことだ
思い出も痛みも少年の胸を刺すことはない

湖の水の深みで発せられる叫び声がある
蒼穹（そうきゅう）の広がりを駆ける渇いた思いがある
やがて夕暮が静寂と闇を張り巡（めぐ）らし始める
だが紺青（こんじょう）の空で星々は無音の歌を歌うだろう

雪の降る夜

夜更けの空から音もなく雪が降ってくる
色彩のない世界が画布にピン留めされた静寂
もし「雪が天からの手紙」だとするなら
この静寂は大地自らが課す沈黙の行（ぎょう）なのか？

今日一日分の不条理と悲哀を飲み下して
やっと明日一日分の生きる力を得たとしても
明日はまたお前から人間を削（そ）いでしまうだろう
何故なら生きることは重力に抗（あらが）うことだから

世には多くの人に温かく看取られる死もあれば
孤独の中で寒々と自らに蹲るような死もある
永い病との闘いの果てに迎えられる死もある
晴れた夜空に流星が消え去る一瞬の死もある

「絶望は死に至る病である」というのが事実なら
孤独は生の奥底に密かに潜む病なのかもしれない
生と死が同じものの表裏なら天と地は融け合って
また明日の夜も音もなく雪が降ってくるだろう

滝壺と空

崖の上から見下ろすと滝壺は
澄んだ青緑色に輝いていた
飛沫（しぶき）を上げて下る白い水流は
陽の光により虹をまとっていた

滝壺へと下る小道は危なっかしく
大小雑多な石が不規則に並んで狭く
湿って滑りやすく絶えず手摺りに頼った
まるで水中の洞窟（どうくつ）を行くような気がした

滝壺のある平らな岩場の上にでると
幾組かのカップルや家族連れがいた
女は男の背後から滝を見上げて言った
「滝も虹もみな幻　その場の光の罠だわ」

滝壺はなお青緑色に輝いていた
初夏に茂る草木の円筒状の崖の下から
男が滝の流れと崖とを見上げたとき
光の失せた歪な空が鉛色に翳っていた

白い眠り

脈の音が高鳴って眠られない
丸く苦い睡眠薬を噛（か）み砕いて
白く乾いた眠りに入っていくまでの間
垢じみたソファーの中に身を沈め
風化し零れ落ちていく思念の中で
はるか不確かな淡い影を追う夜半（やはん）

生は夢の中にあり
死は夢の外にある
命を得たいと望む者があり

死に救いを求める者がある

巷では甘い誘惑に満ちた言葉が溢れている
「一日三錠飲むだけで一週間に十キロ痩せます」
「朝と夜に塗るだけでお肌は青春の輝きに！」
「当院では快適で安らかな死をお約束します」

あの時おれはどこにいたのだったか？
満開の林檎（りんご）の果樹園の丘の上から見ると
薄紅（うすくれない）の花々の彼方に陽炎の海が揺れていた
おれは一人だったか？　それとも夢であったか？

夢の呟き

突然窓ガラスが割れる音で目が覚めた
辺りをそっと見回したが異変はない
置き時計は深夜の二時を指していた
してみると俺は夢を見ていたのか？

どしゃぶりの黒い雨が降っていた
泥濘（ぬかるみ）の中を腰まで浸（つ）かって逃げていた
ずぶ濡れの鼠のように足が纏（もつ）れた
俺はやつらに付け狙（ねら）われているらしい

脱獄囚（だつごくしゅう）は駆けるより隠れるのが良いらしい
だが荒れた泥の海の中のどこに隠れるのか？
一体俺が何をした？　俺自身が罪なのか？
作業中に上役らの会話を聞いてしまったからか？

「海の水で百倍に薄めると濃さは百分の一
薄まれば汚染水ではなく浄化水となり海に流せる」
何のことだか俺は知らない　ただの除染工（じょせんこう）だ
俺は残りの夜の眠りのために褐色の寝酒（ねざけ）を呷（あお）る

夕日と朝日

はるか半島の山並みが霞んでいる
端の灯台や人家の明かりが点り始めた
西空に棚引(たなび)く雲の向こうに夕日は落ちて
雲の端々(はしばし)を赤黄色(せきおうしょく)に染め上げている

こちら側に立つ人には夕日は沈むが
向こう側の人には朝日が昇るときだ
暗闇から解かれてすべてが晒(さら)される
そこには生が立つのか死が横たわるのか？

桑田（そうでん）変じて海となり
古墓（こぼ）は犂（す）かれて田となる
時代の中で人の心を計るなら
砂粒（さりゅう）のように零（こぼ）れ落ちるだろう

沈む夕日に人は祈り昇る朝日に苦難を悟る
干乾（ひか）らびひび割れた褐色の巨大な窪地（くぼち）
かつてここは湖であり人々の生計の場であった
「立っている」ことと「横たわる」こととの間の深い闇

空に描く

空の中に絵は描けるものなのか?
蒼穹(そうきゅう)と雲でできた画布の中に?
冷たく乾いた風が吹く道を
痩(や)せた一人の少年が歩いていく

売られた臓器と買われた臓器
少年の脇腹(わきばら)に残る真新しい縫合(ほうごう)の痕(あと)
灰色の空に掘られた虚ろな穴に
すべては真っ逆さまに落ちていく

「日々の健康は金で買うものだ」
各種ビタミンに滋養強壮サプリメント
一流病院での最新で最高の医療技術
そして何より健康で新鮮な臓器

ある国では必要な臓器が必要な時に用意される
禁酒する民族の臓器は「上物」とされる
肝臓などの臓器が酒で傷んでないからだ
歪んだ空の中を一人の少年が歩いていく

後　記

第二次世界大戦後、ドイツの思想家T・W・アドルノが提唱した「アウシュヴィッツ以後、詩を書くことは野蛮である」との有名な命題はある意味で正しいと思われる。だが、さらに「広島・長崎原爆」を付け加え、「アウシュヴィッツと広島・長崎原爆以後、詩を書くことは野蛮である」と言うべきではないか？

何故なら、アウシュヴィッツでは収容者は「人」ではなく「番号」であり、夥しい数の「番号」が人としての尊厳もなくガス室で「消去」され焼却された。死体処理や焼却作業などの「汚れ仕事」は主に同じく一部の収容者からなる「ゾンダーコマンド(特務分遣隊)」が担当した。彼らは作業期間中の「生存」が保証された。時に、彼ら自身の家族の遺体処理や焼却も行なうこともあった。だが、厳密な秘密保持のため、数ヶ月ごとにコマンド全員がガス室に送られ、新たな別のコマンドに取って代わられた……。つまり、アウシュヴィッツでは、あらゆる「人間性と理性」、「感情と祈り」、「思いと心」が完璧に破壊された。一方、原爆では無差別に一瞬のうちに、数千度の熱線、台風の十倍ほどの音速を超える強烈な爆風、甚大（じんだい）な放射線によって、「人体」、「皮膚や臓器」、「細胞の遺伝子ＤＮＡ」など全身の一つ一つの細胞まで破壊されたのだ。アドルノの「詩は野蛮である」という言葉に、詩の特性として「ほめ称（たた）える頌歌（しょうか）」「高らかに詠（うた）う詩歌（しいか）」や「押韻（おういん）」に含まれる「言語のメロディーや音律性」を指すならば納得できる。一体、世の詩人の誰が、アウシュヴィッツ収容所で、広島・長崎の爆心地で「詩を、言葉によるメロディー」を声高に歌うことができるだろう？

　では、私たちは「アウシュヴィッツと広島・長崎原爆」以後、何を語ることができるのだろう？　日本では「明星」浪漫主義を主導した与謝野鉄幹が中国戦線の「爆弾三勇士」を称える歌で人々を戦争に煽り立て、象徴主義の北原白秋が

「万歳ヒットラー・ユーゲント」を作詞して国家主義を唱導、自然主義作家の重鎮島崎藤村は陸軍に協力して書いた『戦陣訓』の「生きて虜囚の辱めを受けず」との文言のため、何十万人もの兵士、傷病兵、民間人、少年少女たちを死に追いやった。広島原爆資料館の近くに美術館があり、ダリの有名なシュールリアリズムの作品が展示されている。砂漠の中でキリンが燃え、融けた時計が木の枝からぶら下がっている……。原爆資料館を見た後の目には、ダリの絵はシュールリアリズム(超現実主義)と言うより、「おとぎの世界の絵」のように思え、ダリの世界は原爆という現実に完全に超えられている。つまり、シュールリアリズムの世界は、現実に完全に「シュール(超過)」されている。世界でもロマン主義、自然主義、象徴主義、シュールリアリズムはすでに過去の遺物ではないか？　では、一体、私たちはどの地の上に立てばいいのだろう？

もし、生物である人類が「進化はある一定方向に進む」という「定向進化」に従うなら、人類の文学である詩はロマン主義、自然主義、象徴主義、シュールリアリズムの後に一体どんな方向に進むのだろう？　それともそんな方向性などないのか？　才能に乏しい私には新しい道を拓く力はない。ただ、素晴らしい才能と感性と洞察力を持った後の世界を担う若者たちが、文学の正しく新しい道を拓くことを切に願っている。私は詩や小説を含む文学は真実の中にこそあると信じている。ドストエフスキーや※パウル・ツェランも真実の中に小説や詩を築いたのではないか？　未熟な私には生存中に真実をつかむことはできないだろう。しかし、真実らしき欠片（かけら）を拾い、無念のうちに亡くなった人たちや今を生きる人たちの悲しみや嘆きの声を少しでも掬（すく）い、それらを後世の人たちに託す事はできるかも知れない……。

　遺棄された風景には、棄てられたものの悲しみと、かつてそれらと共に生きた人々の温かさや愛惜（あいせき）の名残（なごり）があって、いつも心が痛み胸が衝（つ）かれる。まるで、零落の旧友に会った時のように、懐かしさについ駆け寄って手を握り締めたいが、それまで棄て置かれていたという冷たい視線に胸を刺され、近づくことも声を掛けることもできない……。そんな心の痛みとかつての温かさと愛惜の名残を感じて頂ければ幸いである。

※パウル・ツェラン（Ｐａｕｌ・Ｃｅｌａｎ　一九二〇～一九七〇）旧ルーマニア生まれのドイツ・ユダヤ系詩人。両親はルーマニアのナチス強制収容所で死亡。彼は同国の労働収容所に送られたが死は免れる。地元大学で仏文学、仏のソルボンヌ大学で独文学を学ぶ。その後、ドイツ語で『罌粟と記憶』などの詩集を発表。詩中の「死のフーガ」は収容所の現実を予言的響きで表す傑作。一九六〇年ゲオルク・ビュヒナー賞受賞。戦後の世界詩壇の道標と嘱望されるも、一九七〇年重い精神の病のためパリのセーヌ川に身を投げた。

◆桂沢　仁志（かつらざわ　ひとし）
1951年、愛知県生れ。北海道大学理学部卒。
元高等学校教諭。愛知県豊橋市在住。
著書：「八月の空の下（Under the sky of August）」
対英訳詩集 2010年
「仮説『刃傷松の廊下事件』」歴史考察 2013年
「生と死の溶融（メルトダウン）」八行詩集 2014年
「光る種子たち」十六行詩集 2018年
「踊る蕊たち」詩集 2019年
「樹液のささやく声」詩集 2020年
「漂着の岸辺」詩集 2021年

遺棄された風景

2022年3月12日　初版第1刷発行

著　者　桂沢　仁志

発行所　ブイツーソリューション
〒466-0848 名古屋市昭和区長戸町 4-40
電話 052-799-7391　Fax 052-799-7984

発売元　星雲社（共同出版社・流通責任出版社）
〒112-0005 東京都文京区水道 1-3-30
電話 03-3868-3275　Fax 03-3868-6588

印刷所　富士リプロ

ISBN 978-4-434-30146-9